1

JETON KELMENDI

DAME PAROLE

(drame)

Adapté en français par

Athanase Vantchev de Thracy

Éditions Institut Culturel de Solenzara
38, boulevard Flandrin
75116 Paris

ISBN 978-2-37356-059-6

Couverture : peinture de Jackson Pollock

Je remercie

M. Musli Sh.M.Beca

qui avait fait une première traduction de ce texte
Son travail m'a été extrêmement utile

Je remercie l'éminent romancier français

Marc Galan

qui a eu la bonté de relire ma traduction

Préface

DAME PAROLE OU LE RÊVE D'AMOUR ABSOLU

« Aime comme si un jour tu devais haïr, haïs comme si un jour tu devais aimer »

Bias de Priène

« La violence qu'on se fait pour demeurer fidèle à ce qu'on aime ne vaut guère mieux qu'une infidélité »

François de La Rochefoucauld

L'action se passe à Paris pendant les premières années de ce siècle. Une chambre au mobilier classique. Deux tables, l'une à droite, l'autre au milieu de la chambre; à l'arrière, à droite, une porte. Sur la table au centre de la chambre, une bouteille de vin rouge. Sur l'autre, trois verres et quelques journaux ouverts. Au fond de la chambre, un bar avec quelques bouteilles d'alcool dessus. Sur les deux murs latéraux sont pendus des reproductions de tableaux. Sur celui de droite, on distingue le portrait de Mona Lisa. La radio diffuse de la musique légère. Noid Ashta, le héros principal, entre un journal à la main. Négligé, pas rasé, il fume avidement une cigarette, prend une bouteille et verse du vin dans deux verres, un pour lui et un pour sa fiancée qui est restée vivre au Kosovo. Toute l'action se déroule dans cette chambre. La pièce est bâtie sur trois personnages : **Noid Ashta,** le héros central, homme idéaliste, beau et mince qui, persécuté par les pouvoirs de son pays, s'est réfugié en France ; **Nisa**, sa fiancée, qui vient de débarquer

7

chez lui, à Paris, **Mendhim Bardi,** leur ami commun, qui accompagne Nisa.

Le sujet de la conversation qui s'ouvre entre les trois personnages est l'amour. Noid Ashta, fuyant le Kosovo, y a laissé sa fiancée. Celle-ci lui reproche de s'être sauvé et de l'avoir abandonnée. Mendhim Bardi tente de calmer le jeu. Le dénouement de la pièce est poignant. L'ami Bardi s'avère être le nouveau choisi de Nisa. L'absence semble avoir refroidi le cœur de la fiancée. Amer, bouleversé, Noid Ashta, qui ne peut que constater cette douloureuse fin, est un être auquel on peut appliquer ces merveilleuses paroles de Marc Fumaroli: « (il a) une foi ardente dans la lumière, la clarté, l'explication, dans le pouvoir de dissiper ce que l'habitude quotidienne et la bassesse humaine sèment aveuglément sur nos pas. »

L'amour ! Qu'est-ce que l'amour ? C'est la question que se posent les trois personnages. Est-il une simple affection, un fort attachement à l'autre qui pousse ceux qui ressentent ce sentiment à rechercher une proximité physique, spirituelle ou même imaginaire avec l'objet de cet amour et à adopter un comportement particulier. Est-il une profond tendresse envers une autre personne ?

L'amour comprend une large gamme de sentiments variés. Il peut être désir passionné, amour romantique, tendre proximité sans sexualité, amour familial, amour platonique ou profonde dévotion spirituelle qui porte le nom d'amour sacré. Sous toutes ses formes, l'amour agit comme un facteur majeur dans les relations sociales et occupe une place centrale dans la psychologie humaine. La diversité d'emplois et de significations du mot amour le rend difficile à définir de façon unie et universelle, même en le comparant à d'autres états émotionnels. La philosophie et la religion ont également beaucoup médité sur le phénomène amoureux, source constante d'inspiration pour les arts plastiques, la littérature et la musique.

Bien que la nature ou l'essence de l'amour soit un sujet de débats, on peut éclaircir plusieurs aspects de cette notion en s'appuyant sur ce que l'amour n'est pas. En tant qu'il exprime un sentiment fort et positif, on l'oppose communément à la haine, à l'indifférence, à la neutralité ou à l'apathie. En tant que sentiment, plus spirituel que physique, on l'oppose souvent au sexe ou au désir charnel. En tant que relation privilégiée et de nature romantique avec une personne, on le distingue souvent de l'amitié, bien que l'amitié puisse être définie comme une forme d'amour et que certaines définitions de l'amour s'appliquent à une proche amitié.

Jeunes, vivant dans le même village, Noid Ashta et sa fiancée ont probablement connu plusieurs de ces formes d'amour : la séduction, le dessaisissement (« tomber amoureux »), le coup de foudre, les caresses, les baisers, les rapports sexuels.

À cause de sa nature complexe et difficile à saisir, les discours sur l'amour se réduisent souvent à des clichés que l'on retrouve dans un certain nombre de dictons depuis la phrase du poète Virgile « Omnia vincit amor » (« L'amour triomphe de tout ») jusqu'au célèbre adage : « L'amour rend aveugle ». Le philosophe Leibniz en donnait cette belle définition : « Aimer, c'est se réjouir du bonheur d'autrui ».

L'amour dont parle Jeton Kelmendi dans sa pièce recouvre moins le terme d'*éros* que celui de *philia*. Cette dernière se rapproche de l'amitié. C'est une forte estime réciproque entre deux personnes de statuts sociaux proches. C'est une extension de l'amitié. Quant à l'éros, il désigne l'attirance sexuelle, le désir. Dans la philosophie platonicienne, celui-ci est vu comme l'une des passions néfastes que produit l'*épithumia / 'επιθυμία* (« désir, souhait, appétit »), mais aussi comme une « divine folie » qui est « la cause des plus grands biens pour les hommes ».

Noid Ashta avait quitté Nisa persuadé qu'une longue absence due à l'exil politique ne pourrait en rien abîmer le sentiment amoureux qui le liait à sa fiancée. Mais la longue séparation joue efficacement contre le profond sentiment amoureux. La séparation ne protège pas du mal qui rôde autour des deux personnages. Il se glisse doucement, imperceptiblement, insidieusement dans leurs âmes. Noid Ashta vit à Paris dans une société qui modifie son caractère. L'ambiance parisienne invente un autre homme, le déguise, le formate, l'abîme à sa guise. Cependant, Noid Ashta résiste à ces changements et refuse obstinément de se laisser voler l'avenir par le passé.

Peu sont les exemples où l'amour résiste à l'éloignement. Le dialogue entre les deux amants est mené par Jeton Kelmendi avec une rare maestria. Le texte de *Dame Parole* devient vite un poème admirable, dense, beau, pénétrant. Il est lourd d'un chagrin contenu. La sobriété des paroles du dialogue entre ces deux êtres porte le masque de tous leurs enthousiasmes, exaltations, blessures, déceptions et tristesses. L'homme peut bien chercher un chemin vers le bonheur, il n'est jamais quitte pour la peur inspirée par le passé. Nisa est venue chez son fiancé comme un vaisseau naufragé. Mais elle a trouvé à Paris l'ami de Noid Ashta, Mendhim Bardi, qui l'accueillera dans ses bras comme dans un havre où peuvent guérir les blessures d'une vie de longue attente et de grandes déceptions. Chacun des amants, drapé dans son ego comme dans un manteau invisible, mord sa douleur.

Jeton Kelmendi est un grand poète. Il sait que la propriété essentielle de la parole poétique est d'obliger le cœur à renouer avec le monde. Sa langue chaleureuse, imagée, suggestive, crée une atmosphère tamisée, tend un léger voile derrière lequel ses personnages évoluent comme des ombres chinoises. Il connaît la profondeur avec laquelle la philosophie traite le thème de l'amour. Il a lu Spinoza qui s'est beaucoup penché sur la question, notamment dans son *Ethique*, et qui définit ainsi l'amour : « L'amour n'est autre chose que la joie, accompagnée de l'idée d'une cause extérieure ; (...) Nous voyons également que celui qui aime s'efforce nécessairement de se rendre présent et de conserver la chose qu'il aime ».

Kelmendi parle de l'amour avec la foi du converti. En même temps, lucide, il nous montre que les histoires passionnelles ne sont jamais simples, insistant sur l'inexorable solitude des êtres. Jeton n'offre pas d'épilogue définitif à sa pièce. Il ne quitte jamais la grande douceur des mots qui finissent bien par étreindre le cœur.

Peut-être Kelmendi considère-t-il comme Arthur Schopenhauer que l'amour n'est qu'une illusion de la Volonté (l'essence de toute chose selon lui) qui cherche à se perpétuer elle-même à travers la reproduction. Ou bien a-t-il une approche psychologique selon laquelle l'amour est perçu essentiellement comme la quête d'un manque. Dans ce cas « aimer » ne serait autre chose qu'une façon inconsciente d'avouer sa propre impuissance à accéder à l'autonomie. Besoin d'aimer ou besoin de se sentir aimé ne serait qu'un besoin égoïste, qu'une attente de la personne qui pourrait combler les « manques » immatériels ou matériels qu'elle ne serait pas capable de satisfaire elle-même.

Étrangement, la notion religieuse de l'amour est absente de la pensée de Kelmendi. Il semble ignorer ou volontairement tenir éloigné de son esprit le fait que l'amour peut pousser un individu à avoir foi en Dieu. La théologie est la spécialité qui traite de ce sujet. L'amour du prochain se définit comme une force intérieure qui pousse un individu à rechercher la paix et à la partager avec les autres. Le désir d'amour se traduit par celui d'être avec l'autre ou les autres, celui d'accepter, de recevoir et de donner, celui de dialoguer, de vivre avec, de comprendre, d'accompagner.

Quoi qu'il en soit, Jeton Kelmendi cerne avec une finesse extraordinaire la complexité psychologique de ses personnages. On comprend, en lisant attentivement la pièce, que le ratage, l'échec, fait partie intégrante de la vulnérabilité de l'être humain. Finalement, Noid Ashta et Nisa ne peuvent en vouloir qu'aux roues crénelées de l'Histoire.

On sent que Kelmendi rêve de toute son âme à une société fraternelle, enracinée, mesurée, fondée sur l'amour. Son idéal, c'est la plus grande unité dans la diversité des hommes les plus singuliers. Je ne peux qu'admirer son rêve d'amour absolu. L'auteur s'était-il inspiré, en parlant de Nisa, des exemples célèbres de la littérature latine : Cynthie, la muse de Properce et Lesbie, l'amante de Catulle ou d'Axiothé de Phlionte et Lasthénie de Mantinée, les deux femmes disciples de Platon ?

La pièce de Jeton Kelmendi nous apporte une délicate ivresse, celle de la poésie qui partage avec le vin une culture séculaire, une civilisation entière.

Athanase Vantchev de Thracy

Paris, juin 2012

Dame parole de Jeton Kelmendi

Préface d'Anne Englebert, Bruxelles

A priori, nous sommes en présence d'un drame sur l'incommunicabilité de deux êtres qui s'aiment, Noid et Nisa...

C'est d'ailleurs le constat que fait Noid au 2/3 de la pièce !

Je ne connais pas la langue albanaise et je sentais, dans ma lecture de « Dame parole », que quelque chose m'échappait....

J'ai donc eu besoin de m'informer et j'ai découvert que des clés se cachaient peut-être dans le sens des noms des protagonistes !

Ainsi, j'ai appris que Noid signifiait « celui qui nie », Nisa « le commencement » et Mendim « l'homme français »

Ce qui saute aux yeux, dès le départ, c'est que Noid et Nisa n'arrivent pas à se faire des concessions... Ils s'aiment, oui, mais restent enfermés dans leur point de vue; ce point de vue concerne leur séparation de 6 ans !

Mais que nie Noid, « l'homme qui nie » ? Des paroles qui ne sont pas justes - et moi, lectrice, je suis tentée de le croire car il argumente bien ! - et qui le harcèlent, venant le plus souvent de Nisa, mais aussi de Mendim...

Il est vrai qu'il nie le passé, mais dans la mesure où il veut aller de l'avant !

Nisa est « dame parole », nul besoin de savoir l'albanais ici puisque c'est ainsi que Noid lui-même l'appelle... Mais Nisa, le « commencement »... est, me semble-t-il, un pied de nez à la logique puisque le commencement n'aura lieu qu'à la fin, avec l'autre homme....

Pour Noid, il n'y avait pas de choix, il devait partir pour sa liberté....

13

Pour Nisa, l'absence de l'homme qu'elle aime est un nœud qu'elle ne peut défaire... Noid veut tourner le disque et être heureux, Nisa, à de courtes exceptions près, ne le peut pas, elle pleure tout le temps....

Tiens, à propos d'exception..., « Il y a des règles dans ce monde mais aussi des exceptions »... des « vérités » comme celle-là sont clamées sans rapport immédiat avec le propos, sommes-nous dans l'absurde ?...

Et d'à propos en à propos, comme dans la dérive des rêves, je dirais que les moments qui sortent de ce dialogue de sourds ne sont que des exceptions....

Ces exceptions parlent de poète, de peinture, du Louvre, de Paris, des infos qui sont dangereuses.... Tout cela est juste évoqué, du bout des doigts de l'auteur, puis abandonné ausitôt...

Et le rêve est d'ailleurs bien présent aussi, tantôt dans la vision de Nisa, tantôt dans celle de Noid... Et l'incompréhension de l'un pour l'autre semble guidée par l'oubli d'un monde qu'ils ont pourtant habité également...

D'autres sensations se font écho de la même façon; quand Mendim et Nisa entrent en scène, Noid ne les reconnait pas... Plus loin, les choses s'inversent, ce sont eux qui trouvent Noid changé... Et, à la fin, Nisa dit de Noid « Quel malheur, il est resté le même ! »

Alors il y a Mendim, « l'homme français », qui pourtant semble arriver de Pristina avec Nisa... Avant d'avoir lu la traduction, j'ai imaginé que ce personnage était le double de Noid... Car plus encore que ses amis, il semble un concept plutôt qu'un personnage réel: il donne raison ou culpabilise, en alternance, l'un ou l'autre...

Médiateur? Non, pas assez nuancé pour cela... Intéressé ? On ne peut l'affirmer...

Il apparaît, disparaît sans que les didascalies n'expliquent ses pensées et gestes...

Il apparaît aussi, pour Noid, comme messager de bonnes nouvelles... Cependant, au milieu de la pièce, il se rend compte qu'il ne comprend pas la démarche de Mendim ! Et finalement, Noid l'accuse de mettre de l'huile sur le feu... et confesse, avant de s'écrouler ivre, la jalousie qu'il éprouvait pour Mendim quand ils allaient danser ensemble (à Pristina ?)....

Finalement je suis tentée d'opter pour un Mendim qui serait à la fois le double de Noid et de Nisa.

Par la parole, il la rejoint....« Monsieur Mendim, la Parole ne se comprend qu'avec toi » dit Nisa et Noid l'approuve, mais accuse ensuite celle-ci de s'appuyer sur la parole de Mendim... Et la dernière réplique de Nisa sera: « La parole n'a de sens qu'avec toi, Mendim »...

Par sa proximité ambiguë avec Nisa, Mendim rejoint Noid...

Ne symboliserait-il pas Noid devenu français ? Ce qui expliquerait l'abandon de Noid ivre par Nisa au profit de Mendim, le Français?

Nisa part avec l'homme qui accorde de l'importance à la parole. Mais cet homme ne sort-il pas de Noid ivre, comme un papillon sort de son cocon pour devenir Mendim?

Mais sans doute vais-je trop loin...

Sans doute, cette pièce est-elle truffée de symboles, tels que, dès le départ, l'importance de la montre qui marque dix heures moins le quart pour le retour de l'aimée...

Mais jamais nous ne sommes certains de la lecture que nous en faisons et l'absurde guette au coin de la page pour remettre en cause le fil que nous croyons tenir !

DAME PAROLE

(drame)

Personnages

Noid Ashta

Nisa, *sa fiancée*

Mendim Bardhi, *un de leurs amis*

L'histoire se passe à Paris, les premières années de ce siècle. La scène représente une chambre avec un mobilier classique : deux tables, une du côté droit et l'autre au milieu de la chambre, une porte à l'arrière, à droite. Sur la table, au centre de la chambre, une bouteille de vin rouge. Sur l'autre table, trois verres et des journaux ouverts. Au fond, un bar avec quelques bouteilles d'alcool. Des deux côtés de la chambre sont suspendus quelques portraits. À droite, la Joconde. On entend de la musique douce à la radio. Noid Ashta entre, un journal à la main, et semble dire: Nisa, Nisa....

Il n'est pas rasé et tire sur sa cigarette allumée.

Une bougie se consume dans la chambre. Noid Ashta fait quelques pas, va s'assoir et regarde avec attention la bougie. Il semble pensif. Puis il se relève, va à l'autre table, prend la bouteille de vin, revient et remplit deux verres. Il regarde l'un, puis l'autre.

NOID ASHTA

(il secoue la tête et fait la grimace)

Nous étions si peu... Et sommes restés si peu. Tu penses que c'est ainsi que cela se passe au 21ème siècle.

(il ouvre le journal, le feuillette et semble chercher quelque chose. Il l'approche de ses yeux, se lève, tourne en rond et se rassied)

On se reverra bien un jour et cet événement inattendu aura une explication...

(il expire, faisant un hoooo...)

On verra bien un jour !

(il retire sa montre de son poignet, la regarde, puis la laisse sur la table)

Le jour où tu m'as dit de regarder la montre chaque jour, lorsqu'il serait dix heures moins le quart, je pensais que cette phrase n'avait aucune signification, c'est comme cela. Lorsque nous nous sommes connus, il était dix heures pile. Après quelques jours, cela a commencé à devenir une obsession. Chaque jour à dix heures moins le quart, je regardais la montre. « Un quart d'heure avant, il faut être prêt à accueillir l'avènement », avait dit Mendim, notre ami, lorsque nous buvions du café à Pristina.

(la musique douce s'arrête. Noid se lève et va mettre une autre musique apaisante comme s'il savait que cela allait lui plaire. Il garde la main droite sur la radio)

Cette tranquillité dominait souvent lorsque nous étions ensemble.... Je me souviens du jour où nous étions au cinéma et nous regardions le film " Le printemps vient et s'en va". J'étais rempli de larmes, mais on sait qu'un "homme ne pleure pas", c'était toi-même qui m'avais fait cette remarque. Pourtant je pense que c'était moi qui t'avais dit ça auparavant. Lorsque nous nous sommes rencontrés au bout de cinq printemps, comme James et Brita dans le film, j'avais pensé : est-il possible que nous soyons ensemble après tant d'années. Tu m'avais dit : mes étés et tes printemps naissent et disparaissent.

Ensuite nous en étions allés, toi dans ta maison, moi, dans la mienne.

(la musique continue en sourdine. Il retourne à la table, prend un autre journal, l'ouvre et commence à le lire par la fin)

J'ai encore beaucoup de choses en mémoire. Nisa, nous nous reverrons un jour, Nisa... et l'éloignement a quelque chose qui rapproche, tu reviendras un jour. Je me souviens du temps où j'étais venu à Paris et toi tu étais restée à Pristina.... Ah, cette satanée vie!...

(il fronce les sourcils, le visage soucieux, et commence à réciter quelques vers; sa voix est fatiguée. On dirait qu'il parle à quelqu'un, alors qu'il est seul)

S'en aller loin de son pays, toucher le sommet de la solitude! Personne ne se sait de quoi je parle. Il n'y a que moi qui le sache, que moi qui attende. Parce que personne d'autre n'a ma patience. Tout cela est déjà oublié et mis sur la scène du souvenir.

(il allume de nouveau une cigarette, rejette la fumée et soupire)

Là où se trouvent nos origines, l'ombre de chaque chose a son importance.

(il regarde à nouveau autour de lui et va jusqu'au portrait de Mona Lisa suspendu au mur. Il la contemple longtemps, un sourire aux lèvres...)

(il murmure)

Un désire une chose, l'autre désire une autre. Par exemple...

(il retourne à nouveau près de la table, s'assied et prend les deux verres de vin, chacun dans une main, et trinque. Il pose l'un sur la table et boit l'autre à moitié)

À ta santé Nisa, Nisa...

(il regarde l'heure, prend la montre et la remet à son poignet)

Dix heures moins le quart.

(il prend les verres et se souhaite bonne santé. Il boit le verre de Nisa jusqu'à la moitié, puis continue à regarder la montre).

(on sonne)

NOIDI ASHTA Qui cela peut-il être à une heure pareille ?

(on sonne à nouveau)

NOID ASHTA

J'arrive, j'arrive *(il ouvre la porte)*

(entre un homme, un chapeau traditionnel sur la tête, vêtu d'un long manteau)

MENDIM BARDHI

Bonsoir !

NOID ASHTA

Bonsoir !

MENDIM BARDHI

Vous attendez quelqu'un ?

NOID ASHTA

Qui ? Moi ?... Non, non, vous avez dû faire erreur, cher Monsieur ! Moi je n'attends personne. Il y a longtemps que...

MENDIM BARDHI

Il est peu probable que je me sois trompé. Surtout maintenant, à cette heure-ci ! Vous attendez quelqu'un. Vous êtes bien Noid Ashta ?

NOID ASHTA

Oui, c'est moi. S'il vous plaît, veuillez partir. Je ne vous connais pas ! Et je n'attends personne!

MENDIM BARDHI

En êtes-vous bien sûr, Noid?

NOID ASHTA

Comment connaissez-vous mon nom?

MENDIM BARDHI

Ha-ha-ha...Ce n'est pas de votre faute. Beaucoup de temps s'est écoulé. Vous ne vous souvenez même pas d'un ami?

NOID ASHTA

Laissez-moi réfléchir, Monsieur. *(il réfléchit un instant)* Vous avez confondu des adresses. Je n'attends personne. Je ne me souviens de personne.

MENDIM BARDHI

Ha-ha-ha !...

NOID ASHTA

Pourquoi riez-vous ?

MENDIM BARDHI

Ha-ha-ha !...

NOID ASHTA

Qui êtes-vous ?

MENDIM BARDHI

(il se rapproche comme pour mieux lui montrer son visage)

Vous rappelez-vous, maintenant ?

NOID ASHTA *(il le regarde étonné)*

Ce visage...

MENDIM BARDHI

Dites, Noid.

NOID ASHTA

Diable, je ne me rappelle pas !

MENDIM BARDHI *(il commence à rire plus fort)*

Ha-ha-ha-ha-ha....Je suis Mendim.

(il tourne la tête vers lui)

NOID ASHTA

Que dites-vous? Quel Mendim ?

MENDIM BARDHI

Je suis Mendim, votre ami, ton ami et celui de Nisa. Je suis Le Mendim Bardhi !

NOID ASHTA *(il se met debout, va vers lui, lui tend la main, l'embrasse et le regarde étonné)*

Sois le bienvenu.

MENDIM BARDHI *(il sourit et lui donne le bras)*

Heureux de t'avoir retrouvé.

NOID ASHTA

Il y a bien longtemps que nous ne nous sommes vus, tu as changé, tu es tout à fait différent, me semble-t-il. C'est comme si tu n'étais pas Mendim, mon ami qui m'envoyait régulièrement de bonnes nouvelles.

MENDIM BARDHI

Ha-ha-ha-ha-ha...

Et maintenant j'ai aussi une bonne nouvelle, mais je dois juste savoir l'heure, Noid Ashta.

NOID *(il regarde l'heure)*

Lorsque tu es arrivé, il était dix heures moins le quart... Qu'as-tu à me raconter, mon cher ami, mais tu ne ressembles pas du tout à Mendim. Est-il possible que tu aies changé à ce point?

MENDIM BARDHI *(il marche tout doucement vers la table et s'assied)*

Aujourd'hui, j'ai une bonne nouvelle, tout à fait différente des nouvelles habituelles, mon cher ami.

NOID ASHTA *(il prend le troisième verre et le rempli de vin)*

Encore une fois bienvenue, après tant d'années, nous nous revoyons enfin...

MENDIM BARDHI

À la tienne.

(ils lèvent leurs verres)

Pour qui est cet autre verre à moitié plein, Noid?

NOID ASHTA

C'est le verre de Nisa, mon amour. Cela fait maintenant six ans que je ne l'ai vue, alors, depuis six ans je prends deux verres de vin rouge en souvenir d'elle et je les bois jusqu'à la moitié. L'un pour elle, et l'autre pour moi.

MENDIM BARDHI *(il le regarde droit dans les yeux))*

Noid, Nisa est ici!

NOID ASHTA

(il se tient debout, pose ses deux mains sur la table et crie)

Mon Dieu....Est-ce possible, mon Dieu, comment est-ce possible ?

MENDIM BARDHI

Noid, à dix heures Nisa sera ici.

NOID ASHTA

(il va jusqu'au bar et prend une bouteille de whisky)

(Nisa frappe à la porte et entre comme si elle sortait de terre)

Bonjour...

(elle regarde tout autour d'elle)

NOID ASHTA

(figé sur place, il la regarde avec étonnement, s'approche un peu et la regarde fixement)

Ne me dis pas que tu es Nisa, je t'en prie, ne me le dis pas.... C'est comme si tu étais quelqu'un d'autre, ma chère amie Nisa, tu avais une autre apparence. Comment est-ce possible que ce soit toi ?

NISA

(étonnée, elle s'approche et dénoue ses cheveux)

Je suis Nisa ... *(elle secoue sa tête)* Je suis bien Nisa, qui était un peu ta bien-aimée, et qui est encore ta bien-aimée.

MENDIM BARDHI

Asseyez-vous, asseyez-vous et, parlons.... Après six ans sans se voir, on a des choses à se dire.

(ils s'assoient tous les deux à table et se regardent)

NOID ASHTA

(il prend le verre de la main gauche et, de la droite, le verre de Nisa et le lui donne. Ils trinquent)

Après six ans, Nisa, nous sommes enfin ensemble ! Te souviens-tu, Nisa, il était dix heures lorsque nous nous sommes rencontrés la première fois ? Et à nouveau il est dix heures maintenant, Nisa...

NISA

(elle lui caresse les cheveux de la main gauche et le regarde droit dans les yeux)

Ha-ha-ha... *(elle rit, à moitié en larmes)*

Je t'avais dit, mon cher Noid, qu'à dix heures moins le quart tu devais faire attention et regarder la montre... Je t'avais dit ça parce que, quinze minutes avant dix heures, ce dix du dixième mois, je ne m'étais jamais sentie aussi bien de toute ma vie. Lorsque j'ai compris qu'après dix heures moins le quart je rencontrerai l'homme de ma vie.

MENDIM BARDHI

Allez, laissez ça de côté, maintenant .... Santé ! À votre santé !

NOID ASHTA

Oui, Nisa, c'est comme ça! Je ne le savais pas, je ne pouvais même pas m'imaginer que ces dix heures moins le quart aujourd'hui, allaient marquer une bonne journée pour toi et moi.

NISA

(elle se frotte le visage de ses mains)

J'avais le pressentiment qu'à la même époque nous nous rencontrerions et voilà, ça s'est passé. Noid, mes impresssions ne m'ont jamais trompée. Une nuit avant ta fuite, une grande silhouette m'était apparue en rêve. Je ne peux dire ce qu'elle représentait, mais elle m'avait murmuré : tu n'auras pas ton amour à tes côtés durant six ans...

(elle s'essuie le visage avec une serviette et sanglote)

J'ai eu l'impression que le toit de ma maison m'était tombé sur la tête. Je ne t'ai jamais raconté cela, mon chéri. J'avais peur que tu te tracasses, qu'il t'arrive quelque chose de mal. En ce temps-là, je pensais que vivre six mois sans toi était impossible, mais l'être humain, dit-on, est plus fort que la pierre.

NOID ASHTA

(il a posé ses coudes sur la table et a tiré sur sa barbe en se donnant des claques, puis, d'un air décidé, il regarde Nisa droit dans les yeux)

Je ne sais pas, au début je n'ai pas pris la chose au sérieux, non vraiment pas. Mais plus tard, ce quart d'heure m'est devenu insupportable.... Cependant une parole est une parole... Ceci, c'est toi qui me l'as dit et, de mon côté, je dois m'y tenir.

NISA

Et comme je te l'ai expliqué, cette silhouette m'avait dit des choses importantes, mais je ne me rappelle pas tout. Une chose m'avait paru fort intéressante. Tiens-tu parole ? Tiens-tu parole? Tiens-tu parole? *(sa voix va crescendo)*

Elle m'a demandé ça trois fois *(elle secoue la tête)*

À cet instant je me suis rappelée la parole de l'oncle Drin qui disait que les femmes sont toujours attachées à la parole.

Oui, Oui, Oui !

J'ai voulu lui répondre, mais elle avait disparu. Je me suis réveillée terrorisée, à ce moment-là, je ne me faisais même pas confiance. J'étais si perturbée par ce funeste présage, mais il était suivi d'autres. Je ne sais pas si la silhouette a entendu ma réponse positive. Je suppose que oui, mais elle avait disparu.

NOID ASHTA

Ma chère amie...

NISA

Tu sais bien, mon chéri, j'ai toujours tenu ma parole. Quand je dis quelque chose, je m'y engage. Bref, c'est un principe de ma vie que de m'attacher à la parole.

NOID ASHTA

Ma chérie... Pour toi la parole a un poids, tu es une femme, tu es une dame et ta parole est une femme.

Dame Parole !

(*il laisse aller sa respiration*)

Ma chérie, à partir de ce jour, tu es Dame Parole.

J'ai pensé tout le temps à toi. Parole d'honneur !

Et comme cela lui va bien: la Parole de Mendim, Mendim de la Parole.

NISA (DAME PAROLE)

(elle *rit aux éclats et sort un peu de son tracas*)

Monsieur Mendim, la Parole ne se comprend qu'avec toi.

NOID ASHTA (*il sourit, sans arrière-pensée*)

La Parole, Mendim, n'a de sens qu'avec Dame Parole.

NISA
Le jour où tu es parti de chez toi, il me semble que tu parlais ainsi. Et moi je réagissais de même. Car même si toi, tu ne t'étais pas exilé, je t'aurais dit la vérité. Dix jours seulement après ton départ, je me suis dit : c'est sûr, il va revenir! Chaque fois que le téléphone sonnait, je relevais d'un coup la tête et me disais que c'était toi.

NOID ASHTA

Oui, tu sais bien que je ne suis pas venu ici pour le plaisir. Personne au monde, je pense, ne quitte sa maison, ne délaisse son amour et ne s'exile de gaîté de cœur. Tu sais, Dame Parole, je devais faire ce que j'ai fait.

NISA

Oui, oui, je le sais, mais je ne l'accepte pas, c'est là le nœud du problème.

NOID ASHTA

Après les mauvaises semaines, les bonnes viennent rarement.

NISA

Je n'avais pas envie d'aller à la faculté et à la bibliothèque que tu fréquentais. Je n'y suis allée qu'une fois et suis vite repartie.

NOID ASHTA

Désirez-vous boire quelque chose ?

MENDIM BARDHI

Non, merci, mon verre n'est pas encore vide.

NISA

Buvons... buvons encore un coup!

NOID ASHTA

(il se met debout)

Je vous ramène à boire dans deux minutes.

MENDIM BARDHI

(*il le prend par la main*)

Pas pour moi, je t'ai dit non, mais si vous voulez, vous pouvez continuer.

NISA

(elle sort de sa poche une fine chaîne en or)

Prends !

NOID ASHTA

Que vous êtes formalistes, vous les femmes. Vous faites chaque fois des caprices. Maintenant cela ne te plaît plus, me semble-t-il, alors, pourquoi l'as-tu achetée.

NISA

(elle tient la chaîne des deux mains)

Oui, c'est le médaillon que tu m'as donné le jour où tu es parti. De ce jour-là jusqu'à aujourd'hui, je ne m'en suis jamais séparé.

NOID ASHTA

(il se lève à nouveau et va jusqu'au bar)

Que désirez-vous, il y a ici du vin blanc français, divers rakis et si vous voulez, je peux vous faire un café.

MENDIM BARDHI

Moi, je ne sais pas... Peut-être, oui... va pour un café. Un café comme on le fait ici à Paris.

NOID ASHTA

(il prend une bouteille de vin, une de raki et les apporte sur la table)

Les voici, chacun peut boire ce qu'il veut.

NISA

(elle se lève de sa chaise)

Bon, moi je fais le café, dis-moi juste où il se trouve.

NOID ASHTA

Non, le café, je le fais moi-même, ne te fais pas de souci, assieds-toi... assieds-toi.

NISA

(elle s'assoie et ouvre la bouteille de vin)

Du vin ou du raki, mon cher Mendim Bardhi?

MENDIM BARDHI

Eh bien, je prendrai... va pour un verre de vin, du vin français ?

NOID ASHTA

(il va au bar et commence à préparer le café)

Avec ou sans lait, Mendim ?... et toi ma chérie, ma Dame Parole, comment le veux-tu ?

MENDIM BARDHI

Moi, avec du lait, d'habitude je le préfère ainsi. Il me semble que le lait le rend plus doux. Oui, sers-le moi avec du lait.

NISA

(elle secoue la tête)

Comme tu veux, sinon apporte-moi aussi du café au lait.

NOID ASHTA

En règle générale, je mets un peu de lait, mais lorsque je mets du lait, il me semble que je change d'humeur.

NISA

Chaque fois que je pensais à toi, une sorte de ressentiment m'envahissait et je ne sais comment j'ai tenu le coup... *(elle réprime un soupir de malaise et secoue la tête, prête à pleurer)*

Je n'avais pas envie d'aller à l'école...

Je répète : l'homme est plus "fort que la pierre". Là-bas, je me rappelais sans cesse ces premiers mots que tu m'avais dits...

La première parole, la seconde, la troisième... ta démarche, tes cheveux, quelque chose de toi, et je pleurais, inconsolable.

NOID ASHTA

(il apporte les cafés, les pose devant Mendim Bardhi et sa bien-aimée)

Je vous en prie, les cafés sont parisiens, c'est ainsi que l'on sert traditionnellement les cafés français.

NISA

Les rues remplies de monde semblaient vides. La démarche des gens, me semblait-il, était là pour me rendre jalouse.

NOID ASHTA

(il semble un peu contrarié à cause de l'insistance avec laquelle sa bien-aimée lui parle de l'époque où ils étaient ensemble; il tente de changer de sujet)

Voilà, mes amis, les choses sont ainsi. Il a fait beau ces jours-ci. Vous savez, il pleut beaucoup à Paris. Nous sortirons un peu plus tard *(il remue les mains)*

On fera une petite visite au château, puis on ira au Louvre.

MENDIM BARDHI

(il regarde Nisa avec un petit sourire)

Hé... En amour il faut une grande dévotion. Ce n'est pas moi qui dis cela, des milliers de personnes l'ont dit avant moi.

NISA

(elle se met à pleurer)

Même Shpati et Shpresa ont été séparés un moment. Shpati est parti à Istanbul, mais n'y est pas resté longtemps... Cinq mois, puis il est revenu. Te souviens-tu d'eux? Shpresa était mon amie la plus proche et ma camarade de classe. Depuis le cours élémentaire, nous étions assises sur le même banc. Elle m'a même demandé si tu avais une amoureuse. Elle me disait que ton ami parle peu. Comment s'appelait-il, j'ai oublié ?

NOID ASHTA

(il a peur de ce qui se passe avec Nisa; sa voix commence à se casser)

Bien, bien, Nisa, mais maintenant il nous faut penser à regarder en avant et envisager l'avenir.

NISA

Tu m'as laissée seule, tu as tout emporté avec toi et, moi, j'ai vécu l'enfer.

MENDIM BARDHI

C'est dur de laisser quelqu'un seul, dur, je ne vois pas d'autre mot.

NOID ASHTA

(il regarde avec une certaine ironie son ami Mendim Bardhi tout en parlant à Nisa)

Non, je ne t'ai jamais laissée seule, j'ai toujours été avec toi. Tu dois le savoir !

NISA

Tu n'es même pas venu me voir le jour où tu es parti.

NOID ASHTA

Tu sais bien que je n'ai pas fui pour mon plaisir, la police me recherchait.... Tu sais aussi que je n'ai rien fait, mais on m'accusait de terrorisme parce qu'à la manifestation des étudiants, j'avais parlé de liberté et de droits de l'homme.

NISA

Quoi que tu dises, six ans, ce n'est pas cinq mois.

MENDIM BARDHI

(il se lève en prenant appui sur ses mains)

Allons... les droits de l'homme... Quels droits de l'homme ? Dis plutôt que c'est tombé sut toi parce qu'il n'y avait personne d'autre !

NOID ASHTA

Je dormais avec toi, je me réveillais avec toi, j'étais en pensée avec toi au travail, dans la rue, partout.

NISA

Moi je ne t'ai pas vu revenir, tout de toi m'a manqué, Noid !

NOID ASHTA

Et du vin, d'habitude je buvais du vin rouge parce qu tu aimais bien ça. Je prenais chaque fois deux verres et les remplissais du vin que tu aimais. Un verre pour toi, l'autre pour moi.

NISA

Une nuit, fatiguée, je m'étais endormie plutôt que d'habitude, car je ne m'endormais jamais avant minuit. Un peu après le milieu de la nuit, un cauchemar m'a réveillée. J'ai pleuré longtemps et toi, tu ne m'as même pas appelée le lendemain. Je peux dire que j'étais morte ce jour-là.

NOID ASHTA

Ah, les rêves! Tu sais bien que je n'y crois pas et puis, comment aurais-je pu savoir quelle nuit tu avais fait un cauchemar, et quelle nuit tu avais fait de beaux rêves.

NISA

(semblant changer de sujet)

La pierre sur laquelle nous nous asseyions n'est plus là, quelqu'un a dû l'emporter pour les fondations de sa maison. Je suis passée il y a quelques mois par là et je ne l'ai pas vue !

NOID ASHTA

(il semble rassuré au sujet de Nisa et prend un verre)

As-tu bu ce vin, Nisa ? Trinquons au meilleur !

NISA

C'est intéressant ! Sais-tu que mes amis et mes camarades de classe ne vont plus au parc municipal.

NOID ASHTA

Peut-on parler d'autre chose ? Moi, j'aime bien la peinture, tu le sais, et je voudrais juste en informer notre ami Mendim Bardhi.

NISA

(elle change tout de suite de sujet de conversation)

Six ans !... *(elle fronce les sourcils et secoue la tête)*

NOID ASHTA

(il prend son verre et le lève)

Allez, on trinque au meilleur... Calme-toi, Mendim, et toi aussi, ma chère Nisa.

MENDIM BARDHI

Que tout aille bien chez vous, à la vôtre ! Peut-être maintenant on peut mieux comprendre tout, même si ce qu'elle dit dépasse toute logique. Nisa n'est pas fautive, non...comprends-le !

NISA

(elle vide son verre)

Très bon, ce vin français. Est-ce du vin vieux ou jeune ?

NOID ASHTA

(il pense à distraire Nisa, ou la sortir un peu pour qu'elle oublie toutes ses années de séparation. Il met un air de danse, s'approche d'elle, la prend par la main, et ils dansent)

C'est du vin vieux, en fait pas tant que ça, mais il a au moins six ans. Ha-ha-ha...

(ils s'asseoient à nouveau autour de la table, l'air fatigué d'avoir dansé)

NISA

Il fait chaud ici, très chaud.

NOID ASHTA

(il prend la bouteille de raki et l'ouvre)

J'ai un très bon raki, je le garde depuis des mois pour un très heureux événement. Nous allons le boire ensemble.... Jamais il n'y aura meilleure occasion.

MENDIM BARDHI

(il prend son verre sans un mot)

NOID ASHTA

(il remplit le verre de Mendim, celui de Nisa, et enfin le sien)

Buvons au meilleur !

NISA

(elle boit et repose son verre sur la table)

C'est pas bon... Tu sais bien, Noid, que je ne bois jamais de raki. Il y a quelques années, j'ai essayé et j'ai eu mal à la tête. Je n'aime pas le raki. Je le supporte mal.

NOID ASHTA

(il est le seul à vider son verre)

Comme tu veux, le raki se boit par plaisir. Si tu n'en veux pas, n'en bois pas!

NISA

Six ans, dis donc, hé...

MENDIM BARDHI

(avec ironie)

Mon vieux, ta patience envers Nisa augmentera avec le raki !

NOID ASHTA

Ces six ans sont passés. Que puis-je y faire ?

NISA

Si j'avais vu ça en rêve, j'en serais sûrement devenue folle. Et ça m'est arrivé.

NOID ASHTA

Oui, c'est arrivé ! Mais maintenant nous allons nous marier et nous ne serons plus jamais séparés.

NISA

(elle essaie de changer de sujet)

Même les soirées n'étaient pas belles comme elles auraient dû l'être. L'obscurité nous envahissait vite, surtout moi.

NOID ASHTA

(il se force à rire)

Comme ça, on connaît beaucoup mieux la valeur de l'amour. Maintenant on peut compter nos pas sur le chemin de l'amour. C'est un peu tard, mais à présent, tout est rentré dans l'ordre.

MENDIM BARDHI

Va, tu es méchant, Noid. Moi, je ne l'aurais jamais quittée. Tu n'as pas été assez prudent. Moi aussi je suis un homme, mais d'habitude les hommes sont plus fins.

NISA

Mais six ans... maintenant... bien plus de choses que tu ne peux imaginer se sont produites !

NOID ASHTA

(il remplit encore un verre pour lui et Mendim Bardhi qu'il regarde comme s'il voulait lui dire quelque chose, mais n'y arrive pas)

Allez ! Pour fêter ton arrivée, levons nos verres !

NISA

Grand bien vous fasse !

NOID ASHTA

(il se lance dans un discours aimable pour arracher Nisa à ses mauvais souvenirs)

Ici on boit beaucoup d'alcools forts, surtout du whisky. Le raki que nous buvons maintenant, c'est celui qui plaît le plus en France. On le produit dans une ville non loin de Paris. Nous pouvons nous y rendre plus tard.

NISA

(elle a un petit sourire)

C'est étonnant ! Peut-être vas-tu m'apprendre aussi à boire, pour que je sois...

NOID ASHTA

Non, non ma chérie, ce ne sont pas des leçons de gens habitués à boire le raki. Dans le fond, qui sait ce qu'il faut boire et combien on peut boire sans se détruire la santé. Aujourd'hui, même si on se saoûle, ce n'est pas une faute, cela ne peut pas nous faire du mal, car le raki lui-même sait que nous célébrons un grand événement.

NISA

(elle rit aux éclats)

Ha-ha-ha... Il me semble que la boisson commence à faire son effet.

NOID ASHTA

Oho, Madame, non, ne t'inquiète pas pour ça. C'est moi qui bois le raki et non lui qui me boit.

NISA

Tous les deux, peu à peu, vous vous saoûlez l'un l'autre !

NOID ASHTA

Le raki français ne rend pas ivre.... Qu'en penses-tu, Mendim Bardhi... hein ?

MENDIM BARDHI

Je n'en sais rien, il y a des règles dans ce monde, mais il y a aussi des exceptions.

NISA

Oui, c'est ainsi, y a-t-il une exception plus importante que six ans sans voir son amour ?

NOID ASHTA

Et le raki que nous buvons, tu peux l'ajouter aux exceptions. Je bois par plaisir et je ne pense même pas que je puisse être ivre. Allez pour aujourd'hui, ô quelle saoulerie !

NISA

Lorsque les informations disaient que quelque chose s'était passé à Paris, j'ouvrais toutes grandes mes oreilles et j'essayais d'écouter le plus longtemps possible. Hélas, je ne comprenais pas grand-chose !

NOID ASHTA

Ah, les informations, éloigne-t-en ! Elles ont toujours dévoré mon temps.

NISA

(elle pose ses mains sur le visage de Noid)

Je n'arrive pas à croire qu'en cet instant, nous sommes ensemble. Je me demande encore si c'est vrai !

NOID ASHTA

Eh oui, même le rêve a du bon.

NISA

Mais un rêve, tout beau soit-il, n'est qu'un rêve. Il n'y a rien d'autre à en dire.

NOID ASHTA

As-tu déjà rêvé une fois de Paris ? N'as-tu fait que penser à Monsieur Mendim de Paris ?

NISA

Oui, il y a très peu de temps, j'ai rêvé de Paris, mais je ne sais pas quoi en dire, car ce rêve était très confus. Je ne sais pas comment l'interpréter. C'était un rêve semblable au moment présent. Etait-ce un rêve ou la réalité ?

NOID ASHTA

Jadis, on disait : j'ai vu en rêve ce qui allait se passer. O-o-oh !

MENDIM BARDHI

Tu es vraiment pathétique, Noid, avec tes blagues !

NISA

Quelqu'un me répétait toute la journée que mon amour allait être loin de moi pendant six ans et que je devais avoir confiance en lui !

NOID ASHTA

C'est mieux que nous ne nous soyons pas vu durant six ans et qu'après nous retrouvions une vie normale où nous nous verrons tous les jours. Tu aurais pu aussi ne plus me revoir. Je te l'ai déjà dit. Si je n'étais pas parti, il est probable que je ne serais pas aujourd'hui de ce monde. Et tu n'aurais plus qu'à m'apporter des fleurs.

NISA

(*elle pleure doucement, regarde Noid et soupire profondément*)

Mais c'est trop, mon cher Mendim, que pouvais-je faire face au désir ?

MENDIM BARDHI

(*il rit avec ironie et regarde Noid de travers*)

La grande affaire ! Et si tu avais disparu, on l'aurait su. Nisa aurait trouvé un autre amoureux, tandis que nous, tes amis, nous t'aurions apporté des fleurs et nous nous serions vantés qu'autrefois, nous étions ensemble, mais que toi, tu n'avais pas eu de chance.

NOID ASHTA

(*tranquillisé en ce qui concerne son amour, il parle d'une voix forte et fâchée à Mendim*)

Sans la liberté, on ne peut comprendre quoi que ce soit !

NISA

Allons donc ! La liberté, mon Dieu, tout le monde se demande ce que c'est. Et si tu veux en savoir plus, plus personne ne se souvient de toi.

NOID ASHTA

Non... ne dis pas ça ! Si nous avions eu la liberté, nous n'aurions pas été séparés six ans.

NISA

Je n'en sais rien, rien... Mais c'est comme si rien ne s'était passé nulle part pour personne!

NOID ASHTA

(il boit encore un peu de raki)

Tu penses que ça a été facile pour moi ?

NISA

Je n'ai pas dit que cela a été facile pour toi, mais il m'avait semblé que...

MENDIM BARDHI

Mais qui se préoccupe encore de savoir si ta vie était dure ou facile ?

NOID ASHTA

Tout ce qui commence doit finir et tout ce qui finit aura un nouveau début. Et pour nous ce temps hors du temps est fini. Maintenant, nous entamons une nouvelle étape... Tu m'écoutes, Dame Parole, ma Nisa.

Mendim, tu m'apportes de bonnes nouvelles, mais je ne comprends pas ta démarche !

NISA

(rapidement)

J'avais envie d'entendre ta voix et tu...

NOID ASHTA

Moi aussi j'avais envie d'entendre ta voix et surtout les mots que tu me disais autrefois, tu le sais bien.

MENDIM BARDHI

Qu'est-ce que tu ne comprends pas ? Tu as tous les torts, et maintenant tu essayes de faire l'ange.

NISA

Il me semble que ta voix a changé d'intonation, et c'est au-dessus de mes forces de te suivre!

NOID ASHTA

(il regarde tantôt Nisa, tantôt Mendim)

Oui, ma chérie, je t'ai souvent appelée, tu sais le nombre de fois où je t'ai téléphoné. Et lorsque je ne te trouvais pas à la maison, je te rappelais plus tard.

NISA

Te souviens-tu de la nuit où tu m'avais appelée deux fois et où tu ne m'avais pas trouvée chez moi ?

NOID ASHTA

Comment ne pas me la rappeler... Je me rappelle très bien tout ce qui te concerne.

NISA

C'était le jour de mon anniversaire. J'étais sortie avec des amis.

NOID ASHTA

Oui, je t'avais appelée pour te souhaiter bon anniversaire.

NISA

J'ai pleuré tout le temps quand j'ai su ça. Et tout ça à cause de mes amis, sinon, c'est moi qui t'aurais appelé.

NOID ASHTA

Et moi aussi, j'ai été très éprouvé, surtout après mon deuxième coup de fil, quand je ne t'ai toujours pas trouvée.

NISA

J'avais comme le sentiment que tu étais quelque part tout près et que tu ne désirais pas venir. Ton absence troublait mon esprit, et je ne croyais plus en rien !

NOID ASHTA

Pour cette nuit-là, tu es la seule fautive.

NISA

C'est ça, c'est ça, c'est toujours moi la fautive !

NOID ASHTA

Non, je n'ai pas dit ça pour t'accuser... C'est juste que tu aurais pu attendre encore un peu ou m'appeler avant de sortir.

NISA

Pourquoi ne m'as-tu pas appelée avant que je ne sorte ?

NOID ASHTA

Comment aurai-je pu savoir à quel moment tu sortais ? De plus, j'ai pensé que tu ne sortirais pas du tout. Tu vois, moi, je ne suis pas sorti sans toi ces six ans. J'ai vécu seul avec les souvenirs de toi.

NISA

Un anniversaire n'a lieu qu'une fois par an.

NOID ASHTA

C'est vrai, juste une fois par an, mais moi je t'ai appelée deux fois. La première fois, j'ai pensé que c'était trop tôt pour sortir et qu'il était possible de te trouver à la maison. Par contre, la seconde fois, j'ai pensé que tu étais déjà rentrée...

NISA

(elle recommence à pleurer)

Au moins, pour mon anniversaire, tu aurais pu venir seul, en cachette.

MENDIM BARDHI

Alors, même pour son anniversaire tu n'as pas parlé avec elle !

NOID ASHTA

Ma chère Dame...

NISA

Quoi, ma chère Dame ? Tu n'as pas la moindre idée à ce sujet.

NOID ASHTA

Comment se fait-il que tu ne te sois pas plainte une seule fois? Tu ne veux pas savoir comment j'ai passé tout ce temps. Tu ne cesse de me faire des reproches !

(il s'adresse à Mendim)

Je ne t'ai pas connu comme ça, c'est vrai que tu as changé !

NISA

Tu t'es éloigné toi-même ... Pour moi, c'était beaucoup plus difficile que pour toi.

Laisse tomber, Mendim, excuse-moi. Je voulais lui dire de ne pas s'occuper de ce que tu dis.

NOID ASHTA

Bien sûr, toi, tu étais chez toi, et moi, ici, tout seul. Qu'en dis-tu ?

NISA

D'abord, pour mon anniversaire, tu aurais dû te débrouiller.

NOID ASHTA

Je t'en prie, ma chérie, nous nous retrouvons au bout de six ans et tu entames une discussion qui n'a ni queue ni tête. Vous êtes là tous deux à m'accusez. Vous devriez avoir un peu honte de ce que vous faites.

NISA

Cela n'avait aucun sens de rester six ans loin de moi.

NOID ASHTA

Que dois-je faire, moi, dis-moi ce que je dois faire, maintenant.

NISA

Tu nous as fait perdre six ans, ce n'est pas rien !

NOID ASHTA

On a perdu beaucoup d'hommes au pays. Ce n'est ni de ma faute ni de la tienne. Comment se fait-il que tu n'arrives pas à comprendre la réalité d'aujourd'hui ?

NISA

Et même n'importe quelle réalité ! Six ans, c'est beaucoup ! Tu aurais dû trouver le moyen de me rejoindre.

NOID ASHTA

Hé... oui, oui...

NISA

C'est vrai que ce qui s'est passé n'est pas bien !

NOID ASHTA

Et si j'étais venu pour ton anniversaire, on aura fait la fête ensemble, mais je ne serais pas sorti une seule fois de chez toi. Tu sais bien – mais pour toi cela ne semble rie – que le pouvoir avait décidé de m'emprisonner. Dis, qu'aurais-tu préféré, que je sois loin, mais libre, ou que je croupisse en prison.

NISA

Aï, combien de personnes pourchassées par le pouvoir sont revenues chez elles au bout de quelques jours ?

MENDIM BARDHI

C'est honteux tout ce que j'entends, aujourd'hui! Je ne t'aurais même pas attendu, jamais, au grand jamais, mais ceci me ...

NOID ASHTA

Alors dis-moi, qu'est-ce qui aurait été mieux : que tu viennes me rendre visite en prison, ou que nous soyons loin l'un de l'autre, que je sois libre et que je puisse te téléphoner tous les jours ? Parle, et c'est aussi valable pour toi, Mendim le sournois !

NISA

Il me semble que tu ne me croies pas quand je dis que j'ai très mal vécu ces années sans toi !

NOID ASHTA

Moi, je te crois, mais toi, tu ne veux pas comprendre. Il y a de quoi devenir fou, fou à lier, oh... mon cœur...

NISA

Chaque personne à qui j'ai dit que je n'avais pas revu mon amour depuis tant d'années, m'a regardée l'air tout étonné.

NOID ASHTA

Il y avait de quoi s'étonner, mais que pouvais-tu contre la malchance ?

NISA

Chaque jour je pensais que tu viendrais, que je te verrais soudain apparaître devant moi... Mais non !...

NOID ASHTA

Que dire, tu ne veux rien savoir à mon sujet et vous deux, vous ne cessez de me lancer des piques.

NISA

(étonnée)

Des piques ?

NOID ASHTA

À vrai dire, j'étais prêt à rentrer l'an passé. Une nuit, j'étais en train de penser que le bon Dieu allait m'aider à rentrer et que la police ne me retrouverait pas.

NISA

Et alors, que s'est-il passé ?

NOID ASHTA

J'y ai pensé pendant cinq heures, crois-moi, et les cinq années passées sans nous voir ont défilé devant mes yeux.

NISA

Ah, toi et tes rêves . Pourquoi n'es-tu pas venu ? Pourquoi ?

NOID ASHTA

J'avais décidé de venir, et pour te dire la vérité, je m'étais mis en route. Allais-je réussir à rentrer, c'était autre chose. Cela dépendait de la police et de la chance.

NISA

Au diable les rêves qui t'ont fait peur !

NOID ASHTA

(il boit encore un verre de raki et parle d'une voix désenchantée)

Intéressant, c'était comme le jour où j'ai quitté le pays. La police voulait m'arrêter et m'envoyer en prison, mais j'ai été sauvé par la foule. Ô que de visions douces ont hanté mon rêve. Mais j'en ai tant oublié... *(bouge la tête)*

NISA

Je ne sais pas, peut-être as-tu bien fait de ne pas revenir plus tôt, même si cela a été difficile pour moi.

NOID ASHTA

(il pense avec plaisir qu'il est arrivé à persuader et à rassurer son amour. Il pose la main sur sa tête)

Ma chérie.

NISA

(elle parle d'une voix entrecoupée de sanglots)

Mon chéri, je t'aime, je t'aime beaucoup.

NOID ASHTA

(il rit)

Ha-ha-ha-haaa !

NISA

Pourquoi ris-tu, mon Noid, toi, âme et voix de mon cœur ?

NOID ASHTA

Pour le plaisir, ma Dame, pour rien d'autre.

NISA

Je n'arrive même pas à être heureuse aujourd'hui !

NOID ASHTA

Aujourd'hui est un grand jour, et la joie ne doit pas avoir de limites!

NISA

Oui ! Mais j'ai des sentiments mélangés !

NOID ASHTA

Tu as tort, ma chérie, il ne faut pas être ainsi.

NISA

Joie et désir sont de force égale. Aucun ne peut vaincre l'autre.

NOID ASHTA

Non, je ne pense pas comme toi, absolument pas. Dans notre cas, c'est la joie qui l'emporte !

NISA

Ma foi, je ne sais plus quoi dire ! Tu es difficile à suivre !

NOID ASHTA

Les deux forces sont extrêmes. Il n'y a rien de mal à être joyeux, à ressentir une grande joie. Ce n'est pas seulement moi qui dis cela. Depuis des siècles, les gens qui ont éprouvé ce sentiment répètent la même chose.

NISA

Oui, j'ai envie de revivre la joie, mais les souvenirs sont là. Ton indifférence à ma peine m'en empêche.

NOID ASHTA

(*il rit de nouveau*)

Ha-ha-ha. J'avais pensé que tu avais surmonté les épreuves du passé. Pour ne rien te cacher, moi, j'ai été heureux.

NISA

C'est là que tu te trahis !

NOID ASHTA

Dis, en quoi me suis-je trahi ?

NISA

Je vois quels sentiments tu éprouvais pendant ces six ans passés loin de moi.

NOID ASHTA

Non, ce n'est pas ça ! Maintenant on doit regarder devant soi ! Le passé est le passé ! À présent, je ne veux penser qu'à l'avenir.

NISA

Les hommes sont-ils tous comme ça ?

NOID ASHTA

Ma chère Dame, tu te trompes ! Penses-tu que nous, les hommes, ne sommes pas, comme vous les femmes, de chair et de sang ? Et ce que tu dis ne me semble pas juste.

NISA

Oui, je pense que c'est exactement comme ça. Mendim, qui est un homme, vient de te dire que les hommes sont ainsi.

NOID ASHTA

Et d'après toi comment sont-ils ? Vas-y, dis-le, sans t'appuyer sur la parole de Mendim !

NISA

Pourtant, c'est comme ça et pas autrement !

NOID ASHTA

Eh bien, dis-moi donc quelque chose qui vient vraiment de toi ?

NISA

Quoi, ce sont mes propres mots ? (*étonnée*)

NOID ASHTA

Oui, tes mots.

NISA

Tu ne te soucies même pas de tout ce temps que nous avons perdu.

NOID ASHTA

Quoi ?

NISA

Non. Tu ne t'en soucies même pas maintenant, en ce jour de rencontre. Tes mots me le prouvent. Tu dis qu'il ne faut pas penser au passé, que nous ne devons rien vouloir d'autre aujourd'hui.

NOID ASHTA

(il se prend la tête entre les mains, l'air étonné)

Qu'est-ce qui échappe au regard de l'homme dans notre monde ?

NISA

Pourquoi dis-tu ça ? Ce n'est pas la vérité ?

NOID ASHTA

Non, absolument pas.

NISA

Pourquoi nies-tu ?

NOID ASHTA

Je n'ose même plus parler. Tout de suite, tu comprends de travers !

NISA

Non, je ne comprends pas de travers. C'est comme ça ! Tu l'as dit toi-même! N'est-ce pas, Mendim ?

NOID ASHTA

(il secoue la tête)

Mais non. Toi tu peux retourner en arrière autant que tu veux et penser autant que tu veux aux années perdues. Essaie ! Mais moi, je suis certain que c'est une pure perte de temps. Même si tous essaient de s'y mettre, personne ne peut changer le temps.

NISA

Je n'ai pas parlé de changer le temps, juste de ne pas l'oublier.

NOID ASHTA

C'est impossible! On ne peut pas oublier le temps. Mais on ne peut pas faire du sur-place en ne parlant que d'un seul sujet.

NISA

Chaque fois que tu parles, tes mots détruisent ma confiance !

NOID ASHTA

Et maintenant que dois-je faire ? Maintenant que nous ne parvenons pas à nous comprendre et que je ne trouve aucun moyen de communiquer convenablement avec toi ! Comme c'est compliqué !

NISA

Ce n'est pas du tout compliqué. Tu savais que j'étais là et tu n'as même pas eu la politesse de venir me rendre visite.

NOID ASHTA

(il se lève et rit aux éclats)

C'est compliqué d'être heureux ces jours-ci...

Ha-ha-ha-ha...

NISA

(elle le prend par la main)

Assieds-toi ! Où veux-tu aller ? Il y a si longtemps que je ne t'ai vu, et maintenant, tu voudrais t'en aller ?

NOID ASHTA

(*il pose sa main droite sur le visage de Nisa et la regarde, étonné*)

Oui, oui...

NISA

Assieds-toi ! Je veux rester avec toi !

NOID ASHTA

Pourquoi je veux sortir maintenant ? Peu importe où je vais... Je veux juste me détendre un peu, car à cause du raki et plus encore à cause de toi, je suis fatigué, c'est la vérité !

NISA

Ainsi, tu te fatigues même de moi ?... Oui.. oui, tu as raison !...

NOID ASHTA

Oui, je te dis la vérité. Ce n'est pas facile d'être heureux avec toutes ces paroles qui n'ont ni queue ni tête. (*il se lève en prenant appui sur ses mains*)

NISA

(*elle s'approche de lui et le regarde avec ironie*)

Eh...(*elle remue la tête*)

Tu as complètement changé, et pas que d'aspect, mais aussi de façons. Comme si tu n'étais plus l'homme que j'ai connu !

NOID ASHTA

Naturellement, chacun change, toi aussi tu as changé, mais j'ai l'impression que tu ne t'en rends pas compte.

NISA

Te souviens-tu du stylo dont je t'ai fait cadeau au début de notre amour ?

NOID ASHTA

(il boit encore un verre de raki, reste debout et sourit)

Qu'as-tu dans ce sac ?...Que-ce que tu m'as apporté ?... Que sais-je ? Peut-être une chose spéciale.

NISA

Qu'est-ce que j'ai dans mon sac ? Je ne te comprends pas !

NOID ASHTA

Ha-ha-ha !

NISA

Sérieusement, je ne te comprends pas !

NOID ASHTA

Qu'as-tu apporté comme gage pour ces années perdues, pour que notre amour grandisse ?

NISA

Ah, ce que je t'ai apporté ?

NOID ASHTA

Mais oui !

NISA

Je t'ai apporté les poches de mon âme remplies de désir et d'amour.

NOID ASHTA

Ha-ha-ha, c'est très bien dit ! Tu commences à devenir une artiste, on dirait.

NISA

Quel genre d'artiste ?

NOID ASHTA

Sûrement poète, car seuls les poètes savent dire des choses aussi fines.

NISA

(elle tire quelques feuilles de son sac à main)

Oui.... je suis devenue poète, mais pas seulement pour le plaisir, par obligation. Prends ces poésies et regarde, elles sont toutes écrites pour toi. Mais d'abord, dis-moi d'où t'est venue l'idée que je suis devenue poète.

NOID ASHTA

Mais c'est facile à reconnaître, je l'ai su à tes yeux, car les artistes, et surtout les poètes, se distinguent par leurs yeux.

NISA

Et tu as distingué quelque chose dans mes yeux ?

NOID ASHTA

Oui, naturellement, j'ai distingué quelque chose, mais ça reste mon affaire. J'ai mes critères pour mesurer les choses et je mesure ton imagination.

NISA

(elle semble un peu plus calme)

Hé, c'est intéressant, non ?

NOID ASHTA

Tu dois savoir qui est ton bien-aimé.

NISA

Oh, que je le sais !

NOID ASHTA

(il pense avoir tiré Nisa de ses soucis et s'efforce de rendre la discussion plus agréable)

Paris offre tout ce qu'on veut, et on doit supporter son immense force d'imagination.

NISA

Va, après l'amour que tu me manifestes maintenant, Paris m'a assez donné.

NOID ASHTA

Au bout de quelques jours, tu verras ce que Paris représente.

NISA

Je vois que tu as choisi Paris.

NOID ASHTA

Pourquoi ne me demandes-tu pas ce que j'ai fait ici ?

NISA

Quoi ?

NOID ASHTA

L'art que Dieu m'a donné.

NISA

Et c'est quoi cet art, dis-moi ce que tu as fait, parce que je ne me l'imagine pas !

NOID ASHTA

Je pensais te faire une surprise.

NISA

Et tu ne m'as jamais rien dit ! Tu gardes beaucoup de choses pour toi et tu ne me dis pas tout, je le sais bien.

(Nisa se lève et s'adresse à lui)

NOID ASHTA

Aïe... n'exagère pas !

NISA

Non, je n'exagère pas. Mais toi, en général, de l'extérieur tu es une personne et de l'intérieur une autre. C'est pour ça que tu ne me dis pas tout. Mais tu n'as pas été toujours comme ça. Est-ce à cause de Paris ?

NOID ASHTA

Que-ce que c'est que ces paroles, maintenant ? Tu n'es pas le même à l'extérieur qu'à l'intérieur ?

MENDIM BARDHI

(il s'assied)

Il a toujours été un homme fin, mais tu ne l'as pas beaucoup connu, Nisa !

NISA

Oui tu es vraiment comme ça. *(elle regarde Mendim)* C'est vrai, il est comme ça, mais c'est à Paris qu'il est devenu un homme fin, ça, j'en suis certaine.

NOID ASHTA

Oui, mais je n'en connais pas les raisons. Pourquoi suis-je différent quand je suis dans mon pays et quand je suis à l'étranger ?

NISA

Non, non, non je ne l'ai pas dit dans ce sens.

NOID ASHTA

Alors quel sens, dis-le moi d'une façon plus claire afin que je comprenne ? Je n'arrive pas à saisir...

NISA

Je dis que, vu de l'extérieur, tu parais un homme ouvert, transparent. Par contre, tu gardes bien des choses par devers toi. Tu ne révèles à personne tes rêves, même à moi qui t'aime tant.

NOID ASHTA

Suffit, ce ne sont pas de paroles justes !

NISA

Pourquoi cela ne te plaît-il pas, pourquoi mes paroles ne sont-elles pas justes ?

NOID ASHTA

Non, tout ce que vous dites, toi et Mendim, n'est pas vrai. Je ne sais pas d'où te viennent de telles pensées.

NISA

Penser cela m'est pénible ! Mais toi, tu es comme je te le dis ! Peut-être es-tu encore plus sombre à l'intérieur que je ne lai dit.

NOID ASHTA

(il essaie de blaguer en marchant dans la chambre)

Même Darwin, qui a formulé la théorie de l'origine des hommes, n'est pas capable de l'expliquer aussi bien que tu expliques la tienne !

NISA

Ce n'est pas une théorie, mon cher, c'est un miroir qui reflète ton vrai visage. Ne plaisante pas avec moi. Je n'ai pas le cœur à ça.

NOID ASHTA

Hé... L'esprit élève en concept toute chose, et de ces concepts il bâtit des théories.

NISA

(elle se met à pleurer)

Je t'ai attendu six ans et maintenant tu te moques de moi !

MENDIM BARDHI

Tu te moques de moi aussi, moi qui t'ai apporté la bonne nouvelle de l'arrivée de Nisa.

NOID ASHTA

Bon, vous avez dépassé toutes les bornes !

NISA

Cela veut dire que je suis folle ? *(elle pleure encore plus fort)*

NOID ASHTA

Non, tu n'es pas folle, mais chaque chose a des limites. Et ces discours pleins d'accusations doivent aussi avoir des limites. Moi aussi je suis une partie de notre vie, moi aussi j'ai une chair et du sang comme toi, mais je veux changer le disque. Sur l'autre face, la musique est meilleure.

NISA

Si tu étais comme tu le prétends, tu ne m'aurais pas menée par le bout du nez jusqu'à ce jour. Hélas, tu es ce que tu es. Je te connais. Alors ne te fatigues pas pour rien, ne raconte pas des choses vides de sens.

NOID ASHTA

Hé-hé-hé !

Pardonne-moi, mon cher ami Mendim, je ne voulais pas t'offenser, mais toi aussi tu as changé. Je ne comprends pas pourquoi tu verses de l'huile sur le feu ?

NISA

Non, ne t'étonne pas !

NOID ASHTA

(il va s'asseoir à la table)

Oui, tu m'étonnes !

NISA

Qu'ai-je fait pour que tu t'étonnes à mon sujet ?

NOID ASHTA

Puis-je te poser une simple question ?

NISA

Parle, quelle question ?

NOID ASHTA

Est-tu heureuse ou malheureuse que nous soyons ensemble maintenant ?

NISA

Qu'en penses-tu ?

NOID ASHTA

Je ne sais pas... *(il remue la tête)*

Tu n'as pas l'air d'être heureuse.

NISA

(Nisa va aussi s'asseoir à la table)

Ainsi tu penses ça de moi ? Que désirons-nous de plus grand que ce dont je t'ai parlé auparavant ?

NOID ASHTA

(il boit encore un verre de raki, mais cette fois d'un trait ; il commence à ne plus être très lucide et à perdre l'équilibre)

Ça va pas, ça va pas du tout !

NISA

Qu'est-ce qui ne va pas ?

NOID ASHTA

(il est en train de s'endormir, sa langue est gonflée d'avoir bu tant de raki)

Ça va pas... Maintenant... Non, l'amour ne peut être forcé ! Il ne va pas avec la force. Ça va pas, Nisa, ça va pas !

NISA

Regarde-toi, regarde ce que tu fais !

NOID ASHTA

(il ne se contrôle plus, il répète juste les mêmes mots)

Ça va pas, ça va pas, ça va pas du tout, ça va pas...

NISA

(elle tend la main à Noid)

Tu ne vois pas que tu es saoûl ?

NOID ASHTA

Pas du tout !

NISA

Tu te sens bien, Noid ? Je n'en ai pas l'impression, repose-toi un peu !

NOID ASHTA

Ça va pas, ça va pas *(à Mendim).* Tu te souviens, mon cher ami, lorsque nous dansions à Pristina ?... Tu dansais toujours mieux que moi, j'étais jaloux, mais j'avais envie de danser. *(il commence à danser).* Viens, Mendim Bardhi, viens... comme au bon vieux temps !

NISA

Qu'est-ce que cela veut dire, mon cher Noid ?

MENDIM BARDHI

(il se lève, s'approche de Noid par derrière et parle à Nisa)

Laisse-le, il n'est pas bien, qu'il se repose un peu !

(Noid Ashta tombe par terre et ne bouge plus)

NISA

Qu'est-ce qu'on fait, maintenant ?

MENDIM BARDHI

(il mets ses bras autour du cou de Noid et lui parle)

Noid, Noid !

NOID ASHTA

(il a les yeux fermés et ne répond pas)

MENDIM BARDHI

(il prend Noid et l'étend sur le plancher)

Il est totalement ivre, il a bu comme un trou, l'idiot.

NISA

(elle va au bar, prend une bouteille d'eau et la donne à Mendim Bardhi)

Prends. Verse-lui un peu d'eau sur la poitrine.

NISA

(elle appelle Noid)

Noid, Noid !

MENDIM BARDHI

(il s'approche de Nisa et lui caresse le visage des deux mains)

Il a beaucoup bu! Il a dépassé toute mesure ! C'est toujours comme ça, lorsque les contraires se rencontrent ! Le grand bonheur et la grande tristesse. À vrai dire, je ne sais plus quoi faire. Ne t'en fais pas ! Tout cela n'est rien !

NISA

Un homme peut-il mourir d'avoir trop bu ? Je n'ai jamais vu un homme ivre de près, mais j'ai souvent entendu dire : *"la boisson l'a tué"*.

MENDIM BARDHI

(il embrasse Nisa)

Je ne sais pas quoi dire !

S'il meurt, la vie continue ! Ha-ha-ha-ha !... Je suis avec toi, non ?

NISA

Je suis venue ici après tant d'années... Quel malheur, il est resté le même! Pauvre Noid !

MENDIM BARDHI

(il commence à caresser Nisa)

Que tu es belle !

NISA

(elle commence aussi à le caresser)

Hé, quelqu'un nous entend ? Nous voit ?

MENDIM BARDHI

Personne ne nous entend, personne ne nous voit.

Pourquoi crois-tu qu'il t'ait attendue tout ce temps ?

NISA

Je ne sais pas ! Toi aussi tu m'as attendue, Mendim *(elle l'embrasse)*

MENDIM BARDHI

(il prend le manteau de Nisa et l'aide à le revêtir, puis met le sien ; ils s'embrassent)

On s'en va maintenant ?

NISA

Oui, on s'en va maintenant, Monsieur Mendim, la parole n'a de sens qu'avec toi.

(ils sortent tous les deux par l'autre côté de la chambre, et c'est comme s'ils n'avaient jamais été là)

Noid Ashta se relève doucement, va jusqu'à la fenêtre et regarde où ils vont ; il revient à la table, enlève leurs verres et ne garde que le sien ; il se tient la tête entre les mains)

La scène s'obscurcit lentement.

FIN

Jeton Kelmendi est né à Pejë (Kosovo) en 1978. Il est poète, écrivain, publiciste, traducteur, auteur dramatique, éditeur, universitaire et chercheur. Il a fait ses études dans sa ville natale, puis à l'Université de Pristina où il a obtenu une licence en communication. Il a continué son cursus à l'Université libre de Bruxelles (relations internationales et sécurité). Après une maîtrise en diplomatie, il a soutenu un doctorat consacré à « L'influence des médias sur la politique européenne de sécurité ». À présent, il travaille au Collège universitaire AAB. Il est membre de l'Académie européenne des Sciences et des Arts de Salzbourg (Autriche). Il collabore régulièrement à des journaux albanais et étrangers où il écrit sur des sujets culturels et politiques, en particulier les relations internationales.

Jeton Kelmendi a été salué au Kosovo pour son premier livre de poésie *« Le centenaire des promesses »* (*« Shekulli i Premtimeve »*), publié en 1999. Ont suivi plusieurs autres ouvrages. Ses poèmes sont traduits en 27 langues et publiés dans de nombreuses anthologies. D'après les critiques albanais, il est l'une des voix les plus remarquables de la poésie albanaise et européenne. Un grand nombre de critiques universitaires de l'Europe partage ce jugement.

Il est membre de plusieurs sociétés littéraires anglaises, françaises, roumaines, etc. Son œuvre où dominent les accents lyriques et les figures elliptiques se caractérise par une grande profondeur.

Livres publiés :

- "Le centenaire des promesses" ("Shekulli i Premtimeve"), 1999, poésie

- "Sous le silence" ("Përtej Heshtjes"), 2002, poésie

- "S'il vient, demain" ("Në qoftë mesditë"), 2004, poésie

- "Pardonne-moi, ma patrie" ("Më falpak Atdhe"), 2005, poésie

- "Où vont les arrivées" ("Ku shkoj nëardhjet"), 2007, poésie

- "Tu viens sur les traces du vent" ("Erdhe për gjurmëtë erës"), 2008, poésie

- "Le temps qui a du temps" ("Koha ku rëtëketë kohë"), 2009, poésie

- "Pensées dubitatives" ("Rrugëtimi i mendimeve"), 2010, poésie

- "Le baptême de l'esprit" (Pagezimi i shpirtit), 2012, poésie

- "J'appelle les choses oubliées" (Thërrasgjërat e harruara) 2013, poésie

Théâtre publié :

- "Dame Parole" ("Zonja Fjalë"), 2007, drame

- "Pièce et anti-pièce" (Lojë dhe kundërlojë), 2011, drame

Sciences politiques :

- Mission de l'UE au Kosovo après son indépendance, 2010, États-Unis.

- Temps troubles pour la connaissance, 2011, Pristina, Kosovo.

- Mission de l'OTAN et de l'UE, coopération ou compétition, 2012, Tirana, Albanie.

- L'influence des médias sur la politique de la sécurité dans l'UE, 2016, Bruxelles, Belgique.

Livres publiés en langues étrangères :

- "Ce mult s-au rãrit scrisorile" ("Sa fortë janë rralluar letrat"), Roumanie.

- "A respiration" ("Frymëmarrje"), Inde

- "Dame parole" drame, en français

- "COMME LE COMMENCEMENT EST SILENCIEUX", poésie; Paris, France

- "ΠΟΥ ΠΑΝΕ ΟΙ ΕΡΧΟΜΟΙ" ("Où vont les arrivées"), poésie, Grèce

- "Wie wollen ("Si medashtë"), poésie, Allemagne

- Frau Wort (Dame Parole), drame, Allemagne

- Nasil sevmeli (Si me dashtë), poésie, Turquie

- НА ВЕРХІВ'Ї ЧАСУ (Au sommet du temps), poésie, Ukraine

- How to reach yourself, poetry, Etats-Unis

- В зените времени истлевшего (Au sommet du temps passé), poésie, en russe

- 34 首封面 (34 poèmes), Chine

- "فواصلللحذف" (Points elliptiques), Égypte

- Pensamientos del Alma (Pensées de l'esprit), poésie, Espagne, 2014

- Xewnên di dîwêr de (Comment aimer), poésie, Kurdistan-Turquie, 2015

- Cómo Llegar A Ti Mismo (Comment aimer) poésie, Argentine, 2015

- Com Retrobar-Se (Comment aimer), poésie, Catalogne, 2015

- Prescurtarea departarilor (En abrégeant les distances), poésie, Roumanie, 2016

Livres traduits par Jeton Kelmendi :

- Plagët e bukurisë, par Athanase Vantchev de Thracy (France), traduit du français avec Gjovalin Kola

- Hijet e dritës, de Skënder Sherifi (Belgique), traduit du français

- Gjuha e botës (Anthologie poétique internationale, 10 poèmes de 10 pays), traduit de l'anglais et du français

- Sheshi i shikimeve (Anthologie poétique internationale, 13 poèmes de 13 pays), traduit de l'anglais

- E di kush je, d'Erling Kittelsen (Norvège), traduit de l'anglais

- Emrimi i gjërave, de Zhang Zhi Diablo (Chine), traduit de l'anglais

- Vetmia e erës, de Bill Wolak (USA), traduit de l'anglais

Prix Internationaux :

Membre de l'Académie européenne des Sciences et des Arts, Salzburg, Autriche.

Membre de l'Association des journalistes européens professionnels, Bruxelles, Belgique.

Membre de l'Académie européenne des Sciences, des Arts et des Lettres, Paris, France.

Membre de l'Académie des sciences de l'enseignement supérieur d'Ukraine, Kiev, Ukraine.

Membre du PEN club francophone de Belgique, Bruxelles, Belgique.

Membre d'honneur de l'Académie Internationale "Mihai Eminescu", Roumanie.

Doctor Honoris causa de l'Institut des études ukrainiennes et caucasiennes, 2016

Doctor Honoris causa de l'Universidad Nacional Del Este, Paraguay, 2017.

Grand Prix International Solenzara, Paris, France 2010.

Prix International "Nikolas Gogol", Ukraine, 2013.

Prix International "Alexandre le Grand", Grèce, 2013

Prix National Mitingu, de Gjakova, Kosovo, 2011.

Prix International "World Poetry" (3e place), Sarajevo, Bosnie et Herzégovine, 2013.

"Traducteur de l'année 2013", Chine, 2013.

Prix International "Mère Teresa" pour l'humanisme en poésie, Gjakova, Kosovo, 2013

▪ Prix International "Ludwig Nobel" du PEN club d'Oudmourtie, Oudmourtie, Russie, 2014

▪ Prix International "Mihai Eminescu", Roumanie, 2016

▪ Prix International "Poète de l'année 2016", Fondation Sofly International, 2017.

▪ Prix International "Icône mondiale de la Paix", de l'Institut mondial de la paix, Nigéria, 2017

▪ Ambassadeur de la Paix de l'Institut mondial de la paix, Nigéria, 2017

Page web: www.jetonkelmendi.page.tl

ISBN 978-2-37356-059-6

Dépôt légal – Février 2018

Les Copies PROMA
77, boulevard Malesherbes – Paris 75008
Tél : 01 53 42 38 00 – Fax : 01 42 93 68 48